Das ist AMEET-Qualität

Bevor wir ein Buchprogramm planen und die einzelnen Bücher entwickeln, besuchen wir unsere kleinen Leser und ihre Eltern zu Hause.

Wir wollen wissen, was Kinder lieben, was sie cool finden, was sie erwarten, wenn sie ein Lese- oder Rätselbuch in den Händen halten. Denn unser Verlag hat sich auf die Fahnen geschrieben, der Verlag zu sein, der am besten weiß, was Kinder wollen.

Die Quelle unserer Erkenntnisse bezüglich Lesererwartungen und ihrer Vorlieben sind professionelle Interviews, die wir regelmäßig mit Kindern und ihren Eltern durchführen. Die Ergebnisse fließen direkt in die Konzeptionierung unserer Buchreihen und Einzeltitel ein.

Das garantieren wir Ihnen:

- Bücher, mit Kindern entwickelt
- Bücher, von Eltern getestet
- Bücher, die Kinder cool finden und gleichzeitig Elternbedürfnisse erfüllen

Wir möchten für Sie immer besser werden:

Sollten wir mit diesem Buch Ihre Erwartungen nicht erfüllen, lassen Sie es uns bitte wissen! Wir freuen uns auf Ihre Kritik und Ihr Lob! Nehmen Sie einfach Kontakt zu uns auf und schreiben Sie uns, gern auch per E-Mail an ameet@ameet.de.

Ihr
AMEET VERLAG
Destouchesstraße 68
80796 München

Titel der englischen Originalausgabe:
„The Surprise Storm“ von Jessica Brody

Illustrationen: AMEET Studio

Produced by AMEET Sp. z o.o.
under license from the LEGO Group.

AMEET Verlag GmbH
Destouchesstraße 68
80796 München
Deutschland
www.ameet.de

Please keep the AMEET Verlag address for future reference.
AMEET Verlag Adresse bitte aufbewahren (Herstellerangabe).

www.LEGO.com

Übersetzung: Michael Schuster
Lektorat: Miriam Sender Gorriz

ISBN 978-3-96080-252-5

LEGO Disney Prinzessin

DER GLITZERSTURM

INHALT

DAS MAGISCHE SCHLOSS

Irgendwo da draußen, in einem kleinen Kinderzimmer, gab es ein junges verträumtes Mädchen, das seine LEGO® Steine über alles liebte. Zusammen mit seiner Familie hatte es ein Märchenschloss daraus gebaut.

Jedes Mal, wenn das Mädchen damit spielte, fügte es dem Schloss etwas hinzu, vertausche Gegenstände oder ließ ganze Räume verschwinden. Es war das wundervollste Prinzessinnenschloss, das man sich nur vorstellen konnte.

Doch irgendetwas fehlte noch daran ... Die Schlossbewohner! Deswegen lud das Mädchen acht Dinsey-Prinzessinnen in sein Kinderzimmer ein und zeigte ihnen ihr neues Zuhause. Von nun an lebten dort Rapunzel, Jasmin, Arielle, Cinderella, Schneewittchen, Mulan, Aurora und Belle. Gemeinsam erkundeten sie das magische Schloss. Dies hier ist eines ihrer Abenteuer ...

DIE GEHEIME BOTIN

Prinzessin Belle liebte Bücher über alles und las ihren Freundinnen aus dem Schloss sooft es ging daraus vor. Heute hatte sie ein besonders magisches Buch aus der Bibliothek mitgebracht. Die Prinzessinnen versammelten sich neben dem Kamin und tuschelten aufgeregt, bis Belle endlich mit dem Vorlesen begann. Als sie zu einem lustigen Teil in der Geschichte kam, lachten alle laut. Als Belle eine spannende Stelle vorlas, hörten die Prinzessinnen ganz genau zu.

Und als Belle zu einem gruseligen Teil gelangte, rückten alle ganz nah an sie heran – alle, bis auf Rapunzel. Die versteckte sich hinter ihrem langen Haar. Belle las weiter, die Spannung war fast nicht mehr auszuhalten, da hämmmerte plötzlich jemand laut gegen das Tor des Schlosses.

BUM! BUM! BUM!

Die Prinzessinen quietschten vor Schreck und blickten zum Eingang. Wer könnte das sein? Und wer sollte das Tor aufmachen? Arielle war die neugierigste der Prinzessinnen, denn sie machte sich schon auf den Weg zum Schlosseingang. Im selben Moment meldete sich jedoch Jasmin für diese Aufgabe. Sie war die Abenteurerin der Gruppe. Und auch Mulan, tapfer wie immer, bot sich an, das Tor zu öffnen.

Die Prinzessinnen entschieden sich für Mulan. Sie war mit Abstand die Mutigste unter ihnen.

Mulan zog das schwere Schlosstor einen Spalt weit auf und lächelte. „Es ist die geheimnisvolle Botin!“, verkündete sie fröhlich und öffnete die Tür bis zum Anschlag, damit alle sie sehen konnten. Die geheimnisvolle Botin war eine Freundin der Prinzessinnen. Wo sie auftauchte, ließen Spaß und verrückte Abenteuer nie lange auf sich warten. Mit ihren bunten Haaren und coolen Klamotten brachte sie immer etwas Farbe in das verzauberte Märchenschloss.

An diesem Tag überbrachte die Botin allerdings eine Warnung. „Ein Glitzersturm wird kommen“, erklärte sie den Prinzessinnen.

Die Freundinnen schauten einander verwundert an. „Ein Glitzersturm?“, fragte Rapunzel und versteckte sich gleich wieder hinter ihrem Haar. „Was sollen wir tun?“, nuschelte sie verängstigt dahinter hervor.

Als die anderen Prinzessinnen der Botin weitere Fragen stellen wollten, war diese jedoch schon auf wundersame Weise verschwunden.

„Wow, die Botin ist wirklich geheimnisvoll“, sagte Arielle.

„Ich weiß, was wir tun müssen", verkündete Jasmin. Wie üblich übernahm sie in ernsten Situationen die Führung. „Wir müssen das Schloss sturmfest machen. Schließt alle Fenster und Türen. Deckt die Blumenbeete ab. Bringt alle Kutschen in die Schlossgarage. Nichts darf ungesichert sein, wenn der Sturm aufzieht."

Die Prinzessinnen machten sich sofort an die Arbeit und rannten kreuz und quer durch das riesige Schloss. Sie hatten so viel

zu tun! Zum Glück lebten dort insgesamt acht Prinzessinnen. Doch bei all der Hektik und den Vorbereitungen für den Glitzersturm fiel niemandem auf, dass eine von ihnen fehlte ...

Abseits des Schlosses, jenseits des Flusses im angrenzenden Wald, führte Prinzessin Aurora gerade eine angeregte Unterhaltung mit einem Fuchs. Sie diskutierten über die Treppe, die Aurora gerade baute.

Aurora liebte es, auf Bäume zu klettern und zwischen den Ästen zu sitzen. Sie war im Wald aufgewachsen und fühlte sich dort einfach am wohlsten. Aurora wollte ihre Freundinnen aus dem Schloss einladen, um mit ihr die Aussicht von den Baumkronen zu genießen. Doch sie wusste, dass die meisten

Prinzessinnen nicht so gerne kletterten. Und ihre Freundin Arielle, die Meeresprinzessin, war manchmal noch etwas ungeschickt auf den Beinen.

Deswegen hatte Aurora die Idee, eine Treppe zum Wipfel ihres Lieblingsbaumes zu bauen. So könnte sie gemeinsam mit den anderen Prinzessinnen den Sonnenuntergang bewundern.

„Die Stufen sollten breit genug sein", sagte Aurora zu dem kleinen Fuchs und trat etwas von dem Baumstamm zurück. „Die Treppe könnte hier anfangen und zu dem Ast dort gehen." Sie deutete auf einen stabilen Ast über ihren Köpfen.

Der Fuchs rollte sich zu einer Kugel zusammen. Er war völlig anderer Meinung.

„Hm", überlegte Aurora. „Du meinst also, die Treppe sollte sich um den ganzen Baum schlängeln?"

Diesmal wackelte der Fuchs heftig mit den Ohren. Die Idee mit der Wendeltreppe schien ihm besser zu gefallen.

„Ja, das könnte funktionieren!", rief Aurora vergnügt. Sie sammelte noch etwas mehr Material für die Treppe und begann dann mit den Bauarbeiten. Die erste Stufe platzierte sie am Fuße des Baumes direkt über den Wurzeln. Als diese fest verbaut war, trat Aurora einen Schritt zurück, um ihr Werk zu betrachten. „Nun, es ist ein Anfang", meinte sie stolz.

Der Fuchs war ebenfalls begeistert. Jetzt wedelte er mit seinem buschigen Schwanz und ließ seine Zunge heraushängen.

Während die Prinzessin an ihrer Treppe weiterschuftete, ahnte sie nicht, dass in einiger Entfernung bereits eine dicke Wolke über dem Schloss schwebte und es bald eimerweise Glitzerregen geben würde.

EIN ZAUBERHAFTER PLAN

Rund um das Schloss waren viele Gärten angelegt. In manchen wuchsen wunderschöne Blumen in prächtigen Farben. In anderen riesige Obstbäume voller Äpfel – die alle gerne aßen außer Schneewittchen. Doch der beliebteste Garten war eindeutig der Gemüsegarten. Besonders die Kaninchen waren ganz verrückt nach ihm, denn hier wuchsen knackige Karotten und saftiger Salat.

Heute versteckten sich die meisten davon in den Eingängen zu ihrem Kaninchenbau.

Sie hatten bereits von der Warnung der geheimnisvollen Botin gehört und wollten nicht, dass der Glitzersturm ihr schönes weiches Fell ruinierte.

Doch zwei Kaninchen hatten von alldem nichts mitbekommen. Gerade als sie an

ihrer ersten Karotte mümmelten, zog eine prall gefüllte Wolke über den Garten und schüttete jede Menge Glitzerregen über ihnen aus. Die Kaninchen ergriffen die Flucht und hoppelten so schnell sie nur konnten in den Wald.

Die sieben Prinzessinnen, die im Schloss geblieben waren – Belle, Jasmin, Schneewittchen, Rapunzel, Mulan, Cinderella und Arielle –, blickten aufgeregt

durchs Fenster. Sie sahen dabei zu, wie der Glitzerregen vom Himmel fiel und nach und nach kleine Glitzerhügel bildete.

„Das ist so cool!“, staunte Arielle. „Unter Wasser regnet es nie.“

„Das erinnert mich irgendwie an Schnee“, sagte Belle.

„An mich?“, fragte Schneewittchen.

Belle kicherte verlegen. „Nicht dich. Ich meine echten Schnee!“

„Das sieht aus wie ein Sandsturm", meinte Jasmin. „Nur bunter."

„An was erinnert es dich, Aurora?", fragte Mulan.

Alle warteten auf Auroras Antwort. Als ihre Freundin nichts sagte, blickte Mulan verwundert zu Belle. Belle zuckte mit den Schultern und wandte sich an Jasmin. Jasmin schüttelte den Kopf und stupste Arielle mit dem Ellenbogen an. Arielle schaute zu Rapunzel. Rapunzel wusste auch nicht, wo Aurora steckte, und bat daher Schneewittchen um Hilfe. Als Schneewittchens ängstlicher Blick auf Cinderella landete, war eines klar: Aurora war nicht mit ihnen im Schloss.

„Wo ist Aurora?", fragte Arielle panisch. Doch niemand wusste es.

„Sie muss im Wald sein“, vermutete Cinderella und spähte aus dem Fenster. Glücklicherweise schien der Sturm hauptsächlich über dem Schloss zu toben, aber nicht sosehr über dem Wald.

„Hat jemand das Fenster in ihrem Zimmer geschlossen?“, wollte Jasmin wissen.

Cinderella blickte wieder zu Schneewittchen. Schneewittchen wandte sich an Rapunzel, die Arielle hilflos ansah. Arielle stupste diesmal Jasmins Ellenbogen, doch Jasmin schüttelte den Kopf. Ihr Blick fiel auf Belle, doch auch sie hatte keine Antwort und sah Mulan verzweifelt an. Niemand hatte das Fenster geschlossen. Der Sturm hatte die ganze Zeit in Auroras Zimmer gewütet.

Die Prinzessinnen rannten die Schlosstreppe hinauf und den Flur entlang, bis sie bei Auroras Zimmer angelangten. „Vergiftete Äpfel", keuchte Schneewittchen.

„Springende Qualle!", rief Arielle.

„Das ist nicht gut", sagte Rapunzel.

Jasmin räusperte sich. „Nein, nein. Schon okay. So schlimm ist es nicht."

Doch Rapunzel behielt recht. Es war ganz und gar nicht gut. Der Glitzersturm hatte den Raum total verwüstet. Der Stuhl und der Schminktisch waren zerbrochen. Alles war voller Glitzer.

„Schaut!", rief Arielle. „Ihr Dingsbums ist weg!" Arielle hatte immer noch Probleme damit, sich an die Wörter der Menschen zu erinnern.

„Du meinst ihr Prinzessinnenbett!", half Belle nach.

„Wo soll sie denn jetzt schlafen?", sorgte sich Rapunzel.

„Beruhigt euch", sagte Jasmin. „Wir müssen einfach alles reparieren, bevor sie zurückkommt."

„Gute Idee!“, sang Schneewittchen und wirbelte herum. „Meine Vögelchen helfen uns dabei!“

„Und ich hole die Mäuse. Sie unterstützen uns sicher auch!“, verkündete Cinderella.

„Ich kann den Stuhl reparieren“, schlug Mulan vor.

„Und ich den Schminktisch“, meinte Arielle.

„Belle und ich gehen zur Schlosswerkstatt und bauen Aurora ein neues Bett“, sagte Jasmin.

„Aber haben wir genug Zeit?", fragte Cinderella. „Was, wenn sie zurückkommt, bevor wir fertig sind?"

„Ich gehe in den Wald und lenke sie ab!", antwortete Rapunzel. „Ich kenne eine Abkürzung über die Brücke."

„Super", sagte Jasmin erleichtert und klatschte in die Hände. „Wir haben viel zu erledigen. Legen wir los!"

Aurora und der kleine Fuchs hatten gerade die Arbeiten an der gewundenen Treppe beendet. Da hoppelten zwei Kaninchen in den Wald, die mit Glitzerstaub bedeckt waren.

„Oje", stöhnte Aurora, kniete sich hin und musterte die beiden. „Ihr seid ja total verängstigt. Was ist passiert?"

Das erste Kaninchen wackelte mit der Nase und das andere stampfte nervös mit dem Fuß. Dann kratzte es sich am Ohr.

„Halt, halt", sagte Aurora. „Langsamer. Einer nach dem anderen." Sie blickte auf das erste Kaninchen, das ihr das Problem erklärte. „Ein Glitzersturm?", fragte Aurora dann verwundert. „Über dem Schloss?" Die zwei Kaninchen nickten.

Aurora sprang sofort auf. „Hoffentlich ist meinen Freundinnen nichts passiert. Kommt mit! Ich kenne eine Abkürzung über die Wiese."

Die Prinzessin und ihre drei kleinen Freunde brachen auf und rannten zu der Wiese, hinter der eine der geheimen Abkürzungen zum Schloss lag. Leider befand sich diese Wiese am anderen Ende der Schlossländereien und war ganz und gar nicht in der Nähe der Brücke, die Rapunzel gerade überquerte. Als die Prinzessin mit dem langen Haar den Wald erreichte, war Aurora bereits verschwunden.

Jasmin und Belle befanden sich währenddessen in einem Wettrennen gegen die Zeit. Sie mussten die Werkstatt erreichen und ein Bett bauen, bevor Aurora zurückkehrte. Das

Problem mit riesigen Schlössern war, dass es verschiedene Wege gab, um ans Ziel zu kommen. Jasmin war überzeugt, den schnellsten Weg zu kennen. Sie wollte durch ihren magischen Palast, der sie zu Mulans Übungsplatz führen würde, und dann die Treppen zu Cinderellas Balkon hinauf. Doch Belle war sich sicher, dass es schneller wäre, durch ihre Bibliothek zu gehen – vorbei an Schneewittchens Wunschbrunnen, die Treppen zu Rapunzels Turm hinauf und dann durch Arielles Grotte.

In Wahrheit waren beide Strecken genau gleich lang. Also beschlossen die Prinzessinnen, die Entscheidung ihrem Lieblingsspiel zu überlassen: Juwel-Kleid-Schwert.

„Eins, zwei drei!“, zählte Prinzessin Jasmin und kündigte damit die erste Runde an. Dann rief sie gleichzeitig mit ihrer Freundin Belle: „Juwel!“

„Eins, zwei, drei!“, zählte nun Belle für die zweite Runde. Diesmal riefen beide gleichzeitig: „Schwert!“

Und schon wieder unentschieden. Jasmin schnaubte. „Hör auf, immer dasselbe zu sagen wie ich!“

„Hör du doch auf!“, antwortete Belle.

„Noch ein Mal“, beschloss Jasmin. „Eins, zwei, drei!“

Belle rief: „Juwel!“, doch Jasmin entschied sich für das Kleid.

Kleid bedeckte Juwel und damit hatte Jasmin gewonnen. Sie lachte und deutete zu ihrem magischen Palast. „Da lang!“

Die Prinzessinnen stürmten los. Sie rannten durch Jasmins Palast und dann an Mulans Übungsplatz vorbei. Danach stiegen sie die Stufen zu Cinderellas Balkon empor und gelangten schließlich in einen langen Flur, der sie zur schlosseigenen Werkstatt führen würde. Doch am Ende des Flurs war keine Tür mehr ... Die Werkstatt war über Nacht verschwunden!

DIE FUNKELNDE ÜBERRASCHUNG

Währenddessen suchte Rapunzel im Wald nach einer Spur von Aurora. Sie überprüfte hohle Baumstämme, wühlte in bunten Blätterhaufen und suchte sogar hoch oben in den Bäumen. Aber Aurora war einfach nirgends zu finden.

„Wo könnte sie nur sein?“, fragte Rapunzel, bekam jedoch keine Antwort. Dann entdeckte sie zwei kleine Eichhörnchen, die etwas schüchtern hinter einem Baum hervorlugten, und hatte eine Idee. Aurora verbrachte ihre Zeit im Wald doch immer mit Tieren. Vielleicht wussten die ja, wo sie war. „Hallo, ihr zwei“, begann Rapunzel. „Habt ihr vielleicht ...“

Doch die Eichhörnchen hatten gehört, dass ein Haufen Karotten im Gemüsegarten

liegen geblieben war. Diese Gelegenheit konnten sie sich nicht entgehen lassen. Also flitzten sie davon, bevor Rapunzel ihnen eine Frage stellen konnte.

„Wo ist die Werkstatt?“, wunderte sich Jasmin und starrte die Wand an, wo gestern noch eine Tür gewesen war.

„Ich weiß es nicht“, antwortete Belle. „Dieses Schloss verändert sich ständig.“

„Stimmt“, gab Jasmin zu. „Gestern erst habe ich einen Balkon entdeckt!“

„Und vor zwei Tagen tauchte ein neuer Turm gegenüber von Arielles Zimmer auf“, fügte Belle hinzu.

„Die Werkstatt muss sich verschoben haben“, sagte Jasmin.

Beide setzten sich auf den Boden, um nachzudenken. Doch als Belle sich gegen

die Wand lehnte, verwandelte sie sich in eine neue Tür. Ein Klicken ertönte, sie öffnete sich und die Prinzessin plumpste auf den Rücken. „Nun“, sagte Belle. „Sieht so aus, als wäre hinter uns wieder mal ein neues Zimmer aufgetaucht.“

„Schau mal!“, kreischte Jasmin aufgeregt. Sie kletterte über Belle hinweg und stürmte in den Raum, der auf magische Weise erschienen war.

Belle setzte sich auf und drehte sich um. Ihr stockte der Atem, als sie begriff, wo sie waren. „Die Werkstatt!“, rief sie und strahlte bis über beide Ohren. „Sie hat einfach nur die Seite gewechselt!“

Die Werkstatt war sogar noch besser, als Belle und Jasmin sie in Erinnerung hatten. Es gab alles, was die Prinzessinnen sich hätten erträumen können: Steine in verschiedenen Größen, Stoff, Spitze, Bänder, Glitzer, Fäden und sogar Juwelen, die um die Wette zu funkeln schienen.

„Das ist großartig!“, sagte Belle.

„Schnell!“, rief Jasmin. „ Wir haben fast keine Zeit mehr!“

Die zwei Prinzessinnen begannen mit den Arbeiten an Auroras neuem Bett. Erst sammelten sie alle Gegenstände von den Regalen und vom Boden ein, die sie dafür brauchen konnten. Dann zimmerten sie die Liegefläche. Das war schwieriger als gedacht, denn die Steine waren unhandlich und schwer.

„Oh nein!", rief Belle. „Das dauert alles viel zu lange! Und wir haben noch nicht mal mit der Dekoration begonnen. Wir müssen uns beeilen, Jasmin."

In diesem Moment hallte ein lieblicher Gesang durch das gesamte Schloss. Jasmin rannte zum Fenster und erkannte Aurora, die auf dem Weg zu ihnen war. „Sie ist fast zurück!"

Prinzessin Aurora sang eines ihrer Lieblingslieder, während sie entspannt den Weg zum Schloss hinaufspazierte. Der Fuchs und die Kaninchen versuchten, mit ihr mitzusin-

gen. Das klang jedoch völlig schief – auf eine süße Art natürlich.

Als sie sich dem Schloss näherte, sah Aurora die Glitzerhaufen, die der Sturm hinterlassen hatte. Sie bemerkte auch, wie ruhig alles war. Normalerweise waren überall Prinzessinnen. Mulan trainierte eigentlich ständig mit ihrem Schwert und der Übungspuppe. Arielle schwamm zu dieser Uhrzeit gerne durch den Schlossgraben, während Belle mit einem Buch in den Händen unter einem Baum saß. Aber heute war keine ihrer Freundinnen auch nur weit und breit zu sehen.

„Hm“, murmelte Aurora. „Ich frage mich, wo alle stecken.“ Sie ging weiter in Richtung Schloss, doch ihr Fuß blieb an irgendetwas hängen.

Aurora verlor ihr Gleichgewicht, schwankte und landete in einem Glitzerhaufen. Worüber war sie nur gestolpert? Vielleicht ein Seil? Doch es schimmerte wie verzaubert im Sonnenlicht und die Prinzessin war sich sicher, dass das kein Seil war. „Rapunzel?", fragte Aurora neugierig. „Ich weiß, dass du hier bist. Ich bin über dein magisches Haar gestolpert."

„Oh!" Rapunzel lugte aus einem Gebüsch hervor. „Ups! Tut mir leid!", sagte sie und zwinkerte Aurora zu. „Ich sollte besser darauf aufpassen."

Rapunzel sammelte ihr magisches Haar wieder ein. Der Plan, Aurora aufzuhalten, hatte funktioniert. Doch dann stand Aurora auf und marschierte weiter auf das Schloss zu. Rapunzel überholte sie und sprang vor ihr auf und ab. „Hey!“, rief sie. „Lass uns einen Spaziergang machen! “

„Aber ich muss nachsehen, ob es allen im Schloss gut geht", entgegnete Aurora.

„Achso, wegen des Sturms", sagte Rapunzel. „Ja, ja. Alle sind wohlauf!"

Aurora war verwirrt. Rapunzel verhielt sich irgendwie merkwürdig. „Gut, dann gehe ich eben in mein Zimmer und mache ein Nickerchen."

„Nein, das darfst du nicht!", rief Rapunzel. Aurora durfte auf gar keinen Fall in ihr Zimmer. Noch nicht. Es war noch nicht alles fertig.

„Warum nicht?", wollte Aurora wissen.

„Weil ... weil ..." Rapunzel rang nach einer Ausrede, aber ihr fiel nichts ein. Sie seufzte und ließ Aurora nur widerwillig vorbeiziehen.

Stattdessen sah Rapunzel enttäuscht dabei zu, wie ihre Freundin vor ihr die Stufen hinaufging und das Tor zum Schloss öffnete. Wenige Augenblicke später hörte Rapunzel

Aurora laut aufschreien. „Was ist mit meinem Zimmer passiert?"

Wirklich nichts hatte nach Plan funktioniert. Auroras Zimmer war nicht wiederzuerkennen. Und Jasmin war frustriert, dass keiner auf ihre Anweisungen gehört hatte.

Die Mäuse und Vögel hatten den Glitzerstaub nicht aufgeräumt, sondern stattdessen noch mehr im Zimmer verteilt. Arielle hatte den Schminktisch nicht repariert – sie hatte ihn in ein Aquarium verwandelt. Voll mit Muscheln und Fischen aus dem Schlossgraben. Der Stuhl, den Mulan richten wollte, hatte die falsche Form. Er sah mehr wie ein Sofa aus – mit extrabreiten Armen und Verzierungen an den Seiten. Und das Bett war erst halb fertig.

„Es tut uns leid“, entschuldigte sich Jasmin. „Wir wollten, dass es genauso aussieht wie vorher, aber ... “

„Ich liebe es!“, unterbrach sie Aurora. „Ich wollte schon immer ein Aquarium. Und der Stuhl war eigentlich zu klein für mich. Wow, alles glitzert!“ Sie grinste, als sie

sich im Raum umschaute und alles in sich aufsog. „Danke! Das ist viel besser als vorher! Und ist das ein neues Bett?“

Belle betrachtete das halb fertige Bett. „Ja. Aber wir hatten keine Zeit mehr, es zu schmücken.“

Aurora zwinkerte Belle zu und hielt ihren Korb hoch. Er war voller Blumen, Äste und Blätter, die Aurora im Wald gesammelt hatte. Sie hatten alles, was sie zum Dekorieren brauchten!

Alle Prinzessinnen halfen mit und Auroras Bett war bald nicht wiederzuerkennen.

„Ein echtes Traumbett“, verkündete Rapunzel fröhlich.

„Es ist wunderschön“, fügte Cinderella lobend hinzu.

„Jetzt brauchen wir nur noch eine Gutenachtgeschichte!", sagte Aurora.

„Überlasst das mir!", rief Belle. Sie holte ihr Buch hervor und machte es sich im Stuhl gemütlich. Jetzt, da er größer war, konnten Mulan und Arielle neben ihr sitzen. Die restlichen Prinzessinnen versammelten sich um sie und Belle begann zu lesen. Nach wenigen Minuten hörten sie ein leises Schnarchen und schauten zu Aurora hinüber, die in ihrem neuen Bett eingeschlafen war. Es war schließlich ein aufregender Tag gewesen.

Die magische Überraschung
ISBN 978-3-96080-253-2
7,99 € (D) 8,30 (A)

Stickerbuch – Prinzessinnen
ISBN 978-3-96080-199-3
5,99 € (D) 6,20 (A)